AF496200

COMPLAINTE

DE

LA COIFFURE A LA GIRAFE

ET DE

LA MANCHE EN GIGOT,

SUIVIE DE QUELQUES AUTRES FACÉTIES,

*Par trois Amateurs d'O******;*

AVEC DES NOTES PROSAÏQUES ET SCIENTIFIQUES.

PARIS,

Chez les Marchands de Nouveautés.

♋♋♋

MARS M. DCCC. XXVIII.

COMPLAINTE

DE LA COIFFURE A LA GIRAFE

ET DE LA MANCHE EN GIGOT.

COMPLAINTE

DE

LA COIFFURE A LA GIRAFE

ET DE

LA MANCHE EN GIGOT,

SUIVIE DE QUELQUES AUTRES FACÉTIES,

*Par trois Amateurs d'O******;*

AVEC DES NOTES PROSAÏQUES ET SCIENTIFIQUES.

C'est assez qu'en courant la fiction amuse.
BOILEAU, *Art poétique.*

PARIS,

Chez les Marchands de Nouveautés.

⁂

MARS M. DCCC. XXVIII.

ORLÉANS, IMP. D'A. JACOB.

A MM. LES MEMBRES

DE

LA CHAMBRE DE L'ORTIE,[1]

Comme un témoignage de ma reconnaissance, pour les avantages que je retire, depuis dix ans, de leur conversation, et pour les services que me rendent et me rendront leurs excellens conseils,

Par leur très-humble & très-obéissant Serviteur,

L'UN DES AMATEURS D'O******.

O******, ce 1er Mars 1828.

---

1. Nom d'une plante piquante et bienfaisante, que quelques personnes fuient avec effroi, et que d'autres recherchent avec avidité, particulièrement celles qui élèvent ces gros oiseaux qui donnent de si cruelles indigestions aux gourmands de notre siècle, quand ils se présentent à leurs palais, farcis de quatre ou cinq livres d'excellentes truffes.

COMPLAINTE. [1]

LA COIFFURE A LA GIRAFE,

prête à passer de mode,

ET LA MANCHE EN GIGOT,

TOUJOURS PRISÉE PAR LE BEAU SEXE.

> Je ne suis pas esprit de poésie (2).
>
> CL. MAROT. *Complainte du général Guillaume.*

AIR : *Au clair de la lune.*

LA COIFFURE A LA GIRAFE.

O ma chère amie,
La manche en gigot [3],
Je quitte la vie,
Hélas! au galop;
Quoiqu'à la girafe,
Il faudra, pour moi,
Faire une épitaphe,
A Pâques, je croi.

1. Cette chanson m'a été demandée par une dame, pour amuser sa société, dans les derniers jours du carnaval de l'année 1828.

2. Ceci signifie que ce n'est pas de la quintessence de poésie que j'ai l'honneur d'offrir au public, mais une chanson des plus simples, écrite dans le style ordinaire d'une conversation familière.

3. On trouve chez Mlle A... M..., rue Roy..., des gigots d'une élasticité remarquable, d'une qualité supérieure, comme toute sa parfumerie.

Tandis que, ma bonne,
Long-temps tu vivras;
Ta grosse personne
Est pleine d'appas,
Dans ce siècle horrible [1],
Mais qui n'est pas sot [2],
Où l'homme sensible
Aime le gigot.

Ta rondeur bouffie
Verra dix hivers,
Toute la folie
Du monde pervers.....
Mais, quoi ! je le fronde !
C'est très-déloyal [3];
Car dans ce bas monde
Tout n'est pas trop mal.

La femme est coquette :
A-t-elle un grand tort ?
Son âme inquiète
Goûte avec transport,
Le respect aimable
D'amis roucoulans,
Que la peur du diable
Rend fort innocens [4].

1. J'emprunte ici le langage des ambitieux dont les désirs sont lésés : ils trouveraient le siècle admirable, si leurs semblables voulaient bien se soumettre à leurs passions.

2. C'est une justice que tout le monde rend à notre siècle, dans lequel des révolutions désastreuses ont développé des intelligences et des talens prodigieux. Vive notre monarchie constitutionnelle, dont les commotions douces sont une source de prospérités pour toutes les intelligences, tous les talens et toutes les industries ! Si nous la maintenons, ornée de la légitimite, nous porterons la France à la tête des autres nations.

3. Il est effectivement très-déloyal de fronder un monde dans lequel la souveraine Providence nous a accablés de ses bienfaits.

4. Cette peur n'empêche pas un ami d'aider une femme à faire enrager son

L'homme, aussi très-sage,
Est un peu jaloux;
S'il fait du tapage,
S'il n'est pas trop doux,
N'est-ce pas prudence?
Il lui faut, roi fier [1],
Douce complaisance
Et verge de fer.

LA MANCHE EN GIGOT.

Aussi, ma très-chère,
Tu te conduis mal;
A la face entière
D'un superbe bal,
Par tes soins perfides,
J'ai vu de mes yeux
Deux beautés timides
Se prendre aux cheveux [2].

Conjure la dame
Aux yeux beaux et vifs,
Qui de nous réclame
Ces mots complaintifs [3],
Dans son élégance
D'offrir ta splendeur,
Et vingt ans la France
Verra ta hauteur.

mari, lorsqu'il est injuste vis-à-vis d'elle, parce que cet acte est un acte de charité et de justice.

1. L'homme est le roi de la terre de fait et de droit: de fait parce qu'il est le plus fort, de droit parce qu'étant le plus capable de modération, de prudence et de justice, il est de tous les êtres le plus propre à diriger tous les individus agissans, vers le plus grand bonheur qu'ils peuvent obtenir dans tous les instans de leur courte existence.

2. Le fait est historique.

3. Ce mot est neuf : un des priviléges des écrivains est d'enrichir leur langue, même en faisant des facéties.

ÉPITRE

A L'AUTEUR DE LA COMPLAINTE

AYANT POUR TITRE :

Ca Coiffure à la Girafe prête à passer de mode

ET LA MANCHE EN GIGOT PRISÉE PAR LE BEAU SEXE.

TES vers ne sont pas nés, Damis, pour le vulgaire;
Te lire et t'admirer, est tout ce qu'il doit faire.
Quant à te bien comprendre, ah! je le lui défends;
S'il n'a tout ton esprit, il y perdra son temps.
Tu ne peux le nier, tes vers irrésistibles,
Pour beaucoup de lecteurs sont inintelligibles.
Mais c'est là leur mérite et le plus glorieux.
Où donc en serions-nous [1], s'il fallait que des dieux,
Chacun pût ici-bas comprendre le langage?
On doit le deviner dans le meilleur ouvrage.
Joli talent, vraiment, que celui d'un auteur
Que chacun pourrait lire en paisible amateur!
Il faut que notre esprit s'agite et se tourmente,
Pour bien saisir le sens d'une pensée errante.
On n'est pas un poète en étant naturel :
Éblouir, étonner, est plus essentiel [2].

---

1. Là il y avait : *Où en serions-nous donc*, que j'ai corrigé pour ne point affliger les oreilles délicates de nos lecteurs.

2. Là il y avait : *Éblouir, étonner, est le point essentiel.* Ce qui est vraiment essentiel en poésie, c'est de ne pas donner des syllables de trop à ses vers.

Pour moi, je te l'avoue et t'en fais confidence,
En vrai littérateur, ami de la science,
Moins j'entends un ouvrage, et [1] plus je le crois beau,
Et l'œuvre d'un génie étonnant et nouveau.
Aussi de ta complainte admirable et sublime,
Je sais priser les vers et savourer la rime;
Je la vante partout, j'en dis le plus grand bien :
Pourquoi ? c'est... et parbleu ! que je n'y comprends rien.
Où serait ton mérite et ta grande science,
Si tu ne surpassais la faible intelligence
De ces petits esprits, pour qui le vrai talent
Est un style correct, aussi pur qu'élégant ?
Pour être original, tu dois être toi-même.
Laisse aller ton génie : il est ta loi suprême.
Sans lui, dis-moi, Damis, pouvais-tu composer
Ce superbe couplet qu'ici je veux placer [2] ?

> *Tandis que, ma bonne,*
> *Long-temps tu vivras, etc.*

Depuis huit jours entiers que je suis à le lire,
Je ne puis deviner ce qu'il a voulu dire;
Mais, mon cher, je l'admire, et je baisse le front
Devant ce noble fruit de ta conception [3].
Ah ! qu'ils sont loin de toi nos poètes modernes !
Que leurs vers près des tiens sont froids, pâles et ternes !
Toi seul as le grand art, qui l'emporte sur tout,
D'écrire sans rien dire, en écrivant beaucoup [4].

---

1. *Et*, petite cheville qui a été fort commode à l'auteur pour la construction de son édifice. On pourra voir qu'il ne les a pas épargnées, croyant sans doute que cela donne de la solidité à son charmant édifice ; il vise au suffrage de la postérité : c'est une ambition louable et très-louable.

2. Ne rimant avec *composer* que dans les logogryphes ou charades des Petites-Affiches o**********.

3. Ne rimant avec *front* que dans les distiques que vendent les femmes qui crient par les rues : *Voilà le plaisir, mesdames, voilà le plaisir !*

4. Ce trait est du meilleur genre : il

Voilà le vrai talent, la science réelle,
Après lesquels, je crois, il faut tirer l'échelle.
Oui, tu naquis poète, et je vais à l'instant,
Damis, te le prouver par le couplet suivant :

> *Aussi, ma très-chère,*
> *Tu te conduis mal, etc.* [1].

Composant ce couplet, un poète ordinaire
Certes eût pris le soin, aux dames voulant plaire,
De parler de ces bals aussi beaux que brillans,
Dont elles ont si bien charmé tous les instans.
De l'une il eût vanté la grâce et la tournure,
De l'autre les attraits, l'élégante parure,
De vingt jeunes beautés la touchante candeur,
La modeste gaîté, l'esprit et la douceur [2].
Enfin, de complimens et d'un froid bavardage,
Il nous eût assommés dans son piteux ouvrage.
Mais toi, divin Damis, toujours fort et concis,
Tu maîtrises ta verve, et n'en es point surpris.
Tu ne vois que le but où ton génie aspire ;
Et, sans que rien t'arrête en ton noble délire,
Dessinant à grands traits et d'un pinceau nerveux,
Tu montres deux beautés se prenant aux cheveux.
Voilà qui fait image ! Ah ! ce genre est sublime !
Il est fort au-dessus de toute notre estime.
C'est le type du beau, d'originalité,
Le titre incontestable à l'immortalité,

a été fort applaudi par toutes les personnes auxquelles je l'ai communiqué ; si l'auteur l'a pillé quelque part, du moins il l'a bien appliqué.

1. Ce couplet le prouve mieux que si j'avais fait rimer, comme Monsieur, *instant* avec *suivant*.

2. Si je n'ai pas vanté le bon cœur, l'esprit et les attraits de nos dames et de nos demoiselles, c'est que de la discrétion sur de pareils trésors ne nuit ni aux maris, ni aux garçons ; et qu'un Spartiate a dit : Que la femme la mieux famée était celle dont on parlait le moins. Je tiens infiniment à la bonne réputation des dames et des demoiselles o˙˙˙˙˙˙˙˙˙˙.

Que tu dois conquérir par la force puissante
Qui de l'attraction fait partie inhérente [1].
Humiliez-vous donc, mon esprit, ma raison,
Pour payer le tribut de l'admiration
A l'œuvre complaintive [2] autant que singulière
Du sensible, modeste et grand L.......... [3]!

1. Nous pourrions blâmer l'auteur de nous avoir glissé dans cette phrase quelques termes qu'il a pris dans les œuvres du grand Newton, ou dans celles de l'illustre Laplace; mais pardonnons-lui en faveur des jolies choses que renferme son épître spirituelle.

2. Là était un des hiatus que j'ai retranchés.

3. Ici était un nom de famille que je me suis cru en droit de ne pas divulguer au public.

ÉPITRE

AU MÊME AUTEUR,

PAR UN HOMME VÉNÉRABLE,

INFINIMENT TROP MODESTE, PUISQU'IL AVAIT JUGÉ BONS A BRULER, APRÈS LECTURE,
LES JOLIS VERS SUIVANS.

J'AI reçu, j'ai lu vos chansons,
Et permettez que je vous dise,
Tout bonnement, avec franchise,
Le *caquetage* des salons.
De cette expression hardie
Ne vous plaignez pas, je vous prie,
Car elle n'a rien d'offensant :
Par ce mot j'entends, je veux dire
Le bavardage délassant
Des gens qui s'amusent à rire
Des travers du siècle présent.
En vous, prétend-il, tout désigne
De l'esprit, du goût, des talens ;
Puis il prédit qu'avec le temps
Vous serez placé sur la ligne
Des poètes intéressans [1].

---

[1]. Cette épître est infiniment trop flatteuse : je ne l'aurais pas offerte au public, si la précédente n'était pas trop satirique, et s'il n'y avait pas une excellente conclusion morale à tirer d'elles deux. Nos censeurs nous estiment trop peu, nos amis nous prisent trop : pour connaître ce que nous valons, il faut donc que nous prenions un terme moyen entre ces deux valeurs.

VAUDEVILLE

EN RÉPONSE A LA PREMIÈRE ÉPITRE SATIRIQUE.

Tous les genres sont bons, hors le genre ennuyeux.

VOLTAIRE.

AIR : *Au clair de la lune.*

GRAND épistolaire,
Piquant et sucré,
Votre œuvre légère
Est fort à mon gré,
Sans que je comprenne
Comment ce morceau
A coulé sans peine
De votre cerveau.

Votre épître glose
Sur quelques couplets
Qui sentent la prose :
Je l'ai fait exprès.
Notre Académie [1]
Cause mon travers :
Elle est ennemie
Des malheureux vers.

1. L'Académie d'O****** est une société infiniment respectable : ses membres se composent des hommes les plus éclairés de notre département. Je me permets de critiquer ces messieurs, parce que, trop avides de sciences, ils négligent les fleurs de la littérature, qui sont la parure indispensable de celles-ci, et leur passeport dans la société.

Des poètes d'infiniment d'esprit, mais

Car l'Académie
Dit en ses statuts :
Vers et poésie,
De moi sont exclus.
Pour leurs mots superbes
J'ai beaucoup d'horreur ;
Mais les fines herbes [1]
Me charment le cœur.

Bien plus, vermifuge
Au dernier degré,
Elle est le refuge
Du Corps révéré [2],
Fort pour l'émétique,
Dont les purgatifs
Donnent la colique
Aux vers les plus vifs [3].

Cependant je pense,
Faiseur d'hiatus,
Dont l'intelligence
Est un vrai fœtus..... [4]
Mais je vois des femmes
Qu'étonne ce nom :

aussi d'une prolixité effrayante, obligè-
rent autrefois l'Académie d'O*** à mettre
dans son réglement un article qui défend
de lui lire des poésies : je ne vois pas
pourquoi, actuellement que l'orage est
passé, elle ne profiterait pas du beau
temps, en rapportant cet article.

1. L'Académie reçoit surtout avec en-
thousiasme les savans qui s'occupent de
botanique, de prairies artificielles, etc.

2 Les médecins et chirurgiens d'O***
sont presque tous membres de son Académie.

3. Personne n'ignore qu'il n'y a ver
si long, si gros, si vif, si dur, si caché
qu'il soit, qui puisse résister aux célè-
bres effets de la mousse de Corse, qui
les empoisonne, leur donne la colique
et les fait mourir.

4. Le terme est peut-être un peu dur
mais il me semble que le charme d'une
épigramme gît dans la briéveté et la
force. M. Cas. Delavigne nous dit :

*Ou, Mécène du jour, flatter les favoris
De l'Apollon bâtard qu'on adore à Paris.*

(École des Vieillards.)

Un fœtus, mesdames,
C'est un cornichon [1].

Pourtant je hasarde
Encore un conseil :
Veuillez prendre garde,
Homme sans pareil,
D'enfler votre style
Par plus d'un écart,
Et d'être stérile,
Quoique très-bavard [2].

Votre aimable muse
N'est pas sans beauté ;
Souvent elle abuse
D'un peu de gaîté.
Soignez vos merveilles [3],
Sachez les polir,
Sans quoi nos oreilles
Pourraient bien vous fuir.

1. L'embryon est un fœtus ; l'embryon se dit, en botanique, des plantes et des fruits qui ne sont pas encore développés. Un cornichon est donc un embryon. par conséquent un fœtus ; et réciproquement un fœtus un cornichon. (*Voyez le Dict. de l'Académie, au mot* EMBRYON.)

2. Il y a des gens qui parlent beaucoup et qui ne disent rien : ce sont des trompettes incommodes.

3. Les merveilles ne sont pas faciles à faire, puisqu'on n'en compte encore que sept depuis le déluge : peut-être notre ami en portera-t-il néanmoins le nombre jusqu'à douze, surtout si sa muse timide ne lui donne pas les perfides conseils que jadis la tendre Vénus donnait à son bel ami l'intrépide Adonis :

Ne chassez point aux ours, aux sangliers,
[aux lions ;
Gardez-vous d'irriter tous ces monstres fé-
[lons,
Laissez ces animaux qui, fiers et pleins
[de rage,
Ne cherchent leur salut qu'en montrant
[leur courage :
Les daims et les chevreuils, en fuyant
[devant vous,
Donneront à vos sens des plaisirs bien
[plus doux.

(LAFONTAINE, Adonis, *poëme.*)

ÉPITRE

EN RÉPONSE AU VAUDEVILLE PRÉCÉDENT.

Quoi! ta muse, Damis, a daigné me répondre!
Cet honneur, je l'avoue, est fait pour me confondre;
Il excite ma verve, et m'inspire un devoir,
Qu'il me reste à remplir, si j'en ai le pouvoir.
Mais comment composer, pour produire un ouvrage
Qui puisse mériter ton glorieux suffrage?
Tous les genres sont bons, hors le genre ennuyeux :
C'est toi qui me l'as dit, et tes vers encor mieux.
Si j'avais ton esprit et ta verve féconde,
Qui de nombreux écrits vont écraser le monde,
Peut-être je pourrais, sans trop de vanité,
Obtenir mon brevet d'originalité,
Et, suivant avec art ton aimable maxime,
En devenant plaisant arriver au sublime [1].
Il n'en est point ainsi : tu me juges fort bien,
Et mes vers, cher Damis, près des tiens ne sont rien.
Que dis-je? mon erreur est grande, j'imagine;
Je suis poète aussi : ta complainte badine,
Légère et *très-piquante,* ah! le prouve bien mieux
Que ne feraient les vers les plus harmonieux.
Où l'éloge est complet, tu vois une critique
Et l'œuvre d'un cerveau tant soit peu satirique.

---

1. Je ne crois pas avoir jamais dit ni écrit, que par le plaisant on arrivait au sublime. Notre auteur m'impute une de ses opinions particulières, et très-particulières : car jamais personne n'a trouvé avec lui risible, ce qui précède le célèbre

. . . . . *Qu'il mourût!*

du vieil Horace.

Tu ne m'as pas compris : ah [1] ! c'est ce qui m'enchante !
Mes vers sont donc aussi d'une force étonnante [2],
Et je puis avec toi, Damis, me mesurer,
Et prétendre à mon tour à me faire admirer.
En attendant ce jour de triomphe et de gloire,
Qui doit placer mon nom au temple de mémoire,
Permets que, dans mes vers, en trouvant le bonheur
De joindre à ta couronne une nouvelle fleur [3],
Je relève l'erreur [4], sans doute involontaire,
Que tu commets envers ton *grand épistolaire.*
D'un funeste *hiatus* l'affreuse dissonnance [5]
A blessé ton oreille et ton intelligence [6] :
Tu te trompes, Damis, ou d'un mot transporté
Je soupçonne la ruse et l'infidélité.
Je pourrais m'en fâcher ; mais je ne veux qu'en rire.
Qu'importe qu'on me raille, ami, si l'on t'admire !
Sans l'erreur d'un copiste, aurais-je le bonheur
De lire ce couplet qui te fait tant d'honneur ?

> *Mais ici je pense,*
> *Faiseur d'hiatus, etc.*

Tout en est admirable, et les vers et la rime !
Je ne m'en dédis point, oui, Damis est sublime !

1. Je n'ai point encore parlé de l'immense quantité de *ah !* de *oh !* que notre ami jette dans ses vers : c'est une poussière fâcheuse qui en ternit l'éclat. Peut-être croyait-il que c'était nécessaire : mais je ne suis pas de son avis.

2. Voir la note 6.

3. Tout en rendant justice à l'élégance des mots que renferme cette phrase, je ne puis m'empêcher de gémir sur l'enchaînement qui les lie : c'est une phrase de vigneron. Un homme comme notre ami aurait dû dire :

Permets-moi, dans mes vers, en trouvant
                                      [*le bonheur,*
De joindre à ta couronne une nouvelle
                                           [*fleur.*

4. *Erreur* et *fleur* riment ensemble : c'est mauvais.

5. Un hiatus peut bien écorcher une oreille, dix oreilles, mille oreilles : mais il n'effleure pas même une intelligence. Un hiatus est un son dur, et non pas une erreur ; un son dur blesse l'oreille, et une erreur l'intelligence, nuance que notre ami n'a pas saisie. Il aurait pu tout aussi bien mettre pour rimer

D'un funeste hiatus, l'affreuse disson-
                                         [*nance*
A blessé ton oreille et traversé ta panse.

Cela aurait été aussi juste.

6. Il fallait ici deux vers à rimes masculines. Notre épistolaire est fin comme Gribouille qui se jettait dans l'eau de peur de se mouiller : il se jette dans le ridicule de peur d'y tomber.

Qu'on dise que ses vers ne sont pas très-polis ;
J'en conviens, mais ils sont on ne peut plus jolis ;
Un modèle parfait de bon goût et de grâce,
Qui place leur auteur bien au-dessus du Tasse.
Mais enfin je me tais devant l'Anacréon
Qui sut si bien placer le terme *cornichon*.
Sans perdre plus de temps je m'incline au plus vite
Avec respect devant ce mot *hétéroclite* ;
En admirant surtout le trait audacieux
Qu'a décoché Damis, en vers ingénieux,
Contre le corps savant de cette Académie
Préférant la salade ¹ à l'homme de génie.

1. Tout le monde sait que la salade renferme une grande quantité de fines herbes : ici je ne puis pas m'empêcher de louer infiniment notre ami de cette expression heureuse.

Cette épître est un peu plus faible que celle que nous connaissions déjà du même auteur ; mais, comme l'autre, elle décèle un homme aimable, qui ne s'est jamais sérieusement occupé de poésie, et qui est capable, s'il veut s'appliquer, de faire des ouvrages du plus haut intérêt. Qu'il ne se laisse point effrayer par ces vers de Boileau :

C'est en vain qu'au Parnasse un témé-
　　　　　[*raire auteur*
Pense de l'art des vers attoindre la hau-
　　　　　[*teur, etc.*

Qu'il pense plutôt à ceux-ci du même écrivain :

La nature, fertile en espris excellens,
Sait entre les auteurs partager les ta-
　　　　　[*lans, etc.*

On peut ouvrir la bouche sans parler comme Cicéron, on peut écrire sans faire des vers comme Racine.

LETTRE

MONSIEUR,

Pénétré de reconnaissance pour votre aimable épître, je prends la liberté, puisque vous aimez les chansons, de vous en adresser une très-morale, qui pourra être utile à celles des personnes de votre connaissance qui se laissent trop aller aux charmes trompeurs de l'Écarté.

J'ai l'honneur d'être avec respect, etc.

VAUDEVILLE

Sur les Inconvéniens du Jeu de l'Écarté.

AIR : *C'est un péché que la paresse.*

L'ÉCARTÉ peut être agréable
En face d'une femme aimable [1],
Autrement il est détestable,
Surtout quand
On perd son argent.

---

[1] Il n'y a jamais d'inconvénient à jouer à ce jeu avec une femme aimable. Si l'on perd quelqu'argent, on est amplement dédommagé par les plaisirs

Si, la bourse garnie,
Sans économie,
On fait la folie
D'en tâter un peu,
Un gain trop perfide,
Qui rend intrépide [1],
Fait jouer gros jeu;
Lorsque déjà d'avance,
Rempli d'espérance,
Comptant sur la chance,
On songe au profit,
Un revers funeste,
Sans un sou de reste,
Nous envoie au lit.

L'Écarté peut être agréable, etc.

Si les fous et les sages
De tous les étages,
Polis ou sauvages,
Courent maintenant [2],
Pressés à la file,
D'un pied fort agile,
Risquer leur argent;
Si, remplis d'allégresse,
Fuyant la tristesse,

que l'on éprouve; et, d'ailleurs, les femmes aimables sont toujours entourées de conseillers maladroits, qui indiquent leur jeu, ce qui fait qu'on les gagne le plus souvent.

1. C'est une excellente méthode à l'Écarté d'être audacieux dans la prospérité, et d'être réservé dans l'adversité, par ce moyen on peut gagner mille francs, en ne s'exposant jamais à en perdre plus d'une vingtaine.

2. Le goût du jeu de l'Écarté ne s'affaiblit pas; les termes de ce jeu ont de l'analogie avec ceux dont on se sert dans d'autres passe-temps: cela pourrait bien le tenir long-temps à la mode, malgré toutes les belles réflexions morales qu'il suggère. Quoiqu'on ait lancé bien des pronostics fâcheux contre la gaîté française, notre siècle aime beaucoup le badinage.

A cette faiblesse
Ils cèdent toujours,
C'est que l'espérance,
De notre existence
Fait tous les beaux jours [1].

L'Écarté peut être agréable, etc.

Mais pourtant sur la terre,
Plus d'une chimère
Peut encor nous plaire
Et nous égayer,
Telle que la danse,
La douce bombance,
L'œuvre du glacier;
Nous avons la musique,
La scène comique,
Le goût despotique [2];
Puis encore avec,
Un jeu bien facile,
Où le plus habile
Bientôt est à sec [3].

L'Écarté peut être agréable, etc.

1. Personne ne peut nier que la douce espérance ne fasse le charme de la vie humaine : combien seraient donc barbares ceux qui voudraient, dans une société quelconque, établir des lois qui centraliseraient la fortune, les dignités, le pouvoir dans un petit nombre de familles, de manière à priver les autres membres de cette société, de l'espérance d'y voir arriver quelque jour, eux, ou leurs neveux! Bénissons tous le grand **Louis XVIII** dont la charte im mortelle est un mur d'airain, opposé à de pareilles prétentions dans notre illustre société.

2. Le goût despotique est dans notre siècle un objet de risée générale, même pour les petits garçons et les petites filles.

3. Cela peut s'appliquer au jeu très-connu du corbillon, et à d'autres jeux très-communs, mais qui n'en sont pas moins agréables.

Une maison brillante [1],
Dont l'éclat enchante,
Souvent nous présente
Ce jeu ruineux,
Où notre sagesse
Succombant sans cesse,
Nous rend trop heureux;
Car les enchanteresses,
De ces lieux maîtresses,
Par leurs politesses
Et leurs yeux charmans,
D'une sotte veine,
Consolent sans peine
Les tristes perdans.

L'Écarté peut être agréable, etc.

1. Cette chanson a été faite pour des dames qui ont peu de rivales dans l'art de faire les honneurs d'une maison élégante à une nombreuse société.

LETTRE

MONSIEUR,

Pour vous prouver l'intérêt que je prends à votre aimable muse, qui est une jeune femme fort intéressante, et à vos vers, qui sont de jolis petits garçons, quoiqu'un peu malins, je veux les traiter comme j'ai traité de charmans enfans de ma connaissance, et leur imprimer le désir d'écouter votre mémoire leur mère et grand'mère, en leur adressant la petite fable suivante.

FABLE.

Les petits Lapins et le Chasseur.

Sur les bords d'une garenne,
Dans de vastes souterrains,
Vivait tranquillement, mais non sans quelque peine,
Une famille de lapins.
Pour des bêtes quelle prudence!
Les papas, les mamans,
Instruisaient leurs enfans.

Privés d'expérience,
Ceux-ci, dans tout état, ont besoin de science.
Un des petits lapins, assez mauvais sujet,
Très-paresseux, rarement écoutait,
Parce que, disait-il, son papa radotait.
Une jeune lapine, extrèmement jolie,
Très-paresseuse aussi, partageait sa folie,
Et désirait toujours voir sa leçon finie.
Qu'arriva-t-il de là ? Tous deux n'apprirent rien ;
Nous allons voir s'ils s'en trouvèrent bien.
Un beau soir, sur l'herbette,
Tous les petits lapins jouaient à la cachette,
Lorsqu'ils virent de loin arriver à pas lents,
Un homme très-courbé qui traversait les champs.
Sauvons-nous, sauvons-nous ! crièrent les plus sages ;
Cet homme tient un fusil :
C'est bien certain d'après ce que papa nous dit.
Vilains peureux, réchauffez vos courages,
Dirent dans les mêmes instans
Le paresseux, la paresseuse
Dont l'un aime à sauter et l'autre est curieuse.
Ne voyez-vous donc pas, vous autres les savans,
Qui tous les jours étudiez si long-temps,
Avec un zèle insigne,
Que cet homme est sorti pour pêcher à la ligne ?
Est-ce que dans nos leçons
On nous a jamais dit de fuir les hameçons ?
Restés seuls, le sauteur fait un saut magnifique ;
La curieuse à regarder s'applique,
Et le chasseur, qui se trouve peu loin,
Les vise, et tire avec grand soin
Deux coups de son fusil, qu'il chargea de cendrée.

Un mois après cette triste soirée,
Quand les petits lapins allaient prendre le frais,
  Gambader, voir, brouter le trèfle épais,
  Le haut sauteur se traînait par derrière,
    Chavirant à chaque ornière,
Car, à son grand chagrin, il se trouvait boiteux,
    Et la petite curieuse
      Le suivait, bien honteuse,
Car elle avait perdu l'un de ses deux beaux yeux.

    Notre existence est malheureuse,
Vous le voyez par là, charmans petits enfans,
Quand nous n'écoutons pas la voix de nos parens.

Pour ce qui concerne votre mémoire,
elle fera bien de se rappeler ce conseil d'un
des philosophes poètes les plus respectables
et les plus spirituels de notre siècle :

Guéris des préjugés la lèpre héréditaire,
Rends la sagesse aimable et la raison vulgaire,
Et, fidèle au bon goût comme à la vérité,
Charme, éclaire ton siècle et la postérité.

ANDRIEUX, Discours sur la Perfectibilité de l'Homme.

J'ai l'honneur d'être avec estime, etc.